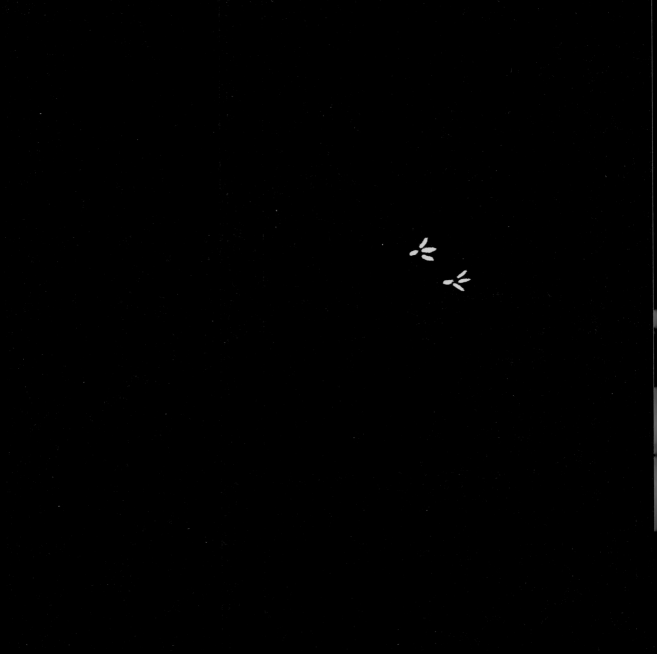

GOBIERNO
DE ESPAÑA

MINISTERIO
DE CULTURA

Esta obra ha sido publicada con una subvención de la Dirección General del Libro,
Archivos y Bibliotecas del Ministerio de Cultura para su préstamo público en Bibliotecas
Públicas, de acuerdo con lo previsto en el artículo 37.2 de la Ley de Propiedad Intelectual.

El elefante y el árbol

The Elephant and the Tree

Primera edición: septiembre de 2011

© 2009 Jin Pyn Lee (texto e ilustraciones)

Publicado originalmente por Epigram Books and Ele Books LLP

Derechos de traducción negociados a través de Sandra Dijkstra Literary Agency

y Sandra Bruna Agencia Literaria SL

Todos los derechos reservados

© 2011 de la traducción, Thule Ediciones, SL

Alcalá de Guadaíra 26 bajos – 08020 Barcelona

Director de colección: José Díaz

Maquetación: Jennifer Carná

Traducción: Alvar Zaid

EAN: 978-84-92595-92-1

Impreso en China

www.thuleediciones.com

EL ELEFANTE y EL ÁRBOL

Jin Pyn Lee

thule

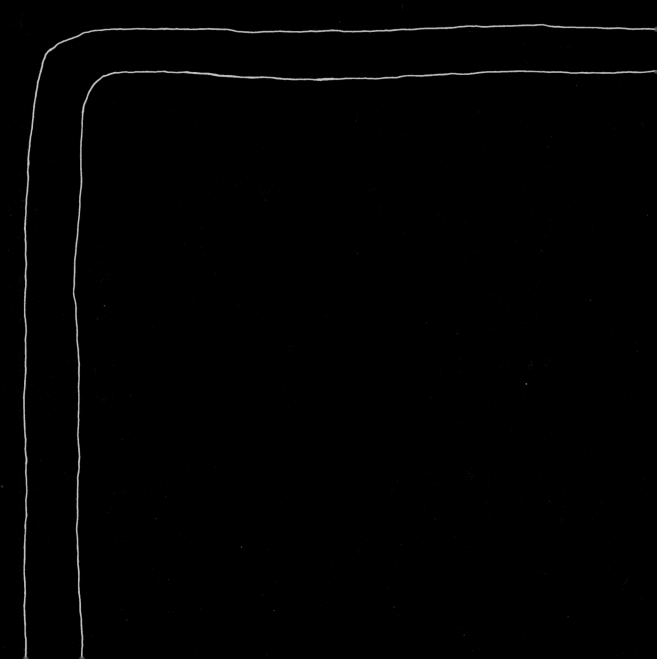

Para los sin voz.

Había una vez un elefante
que vivía en el bosque.

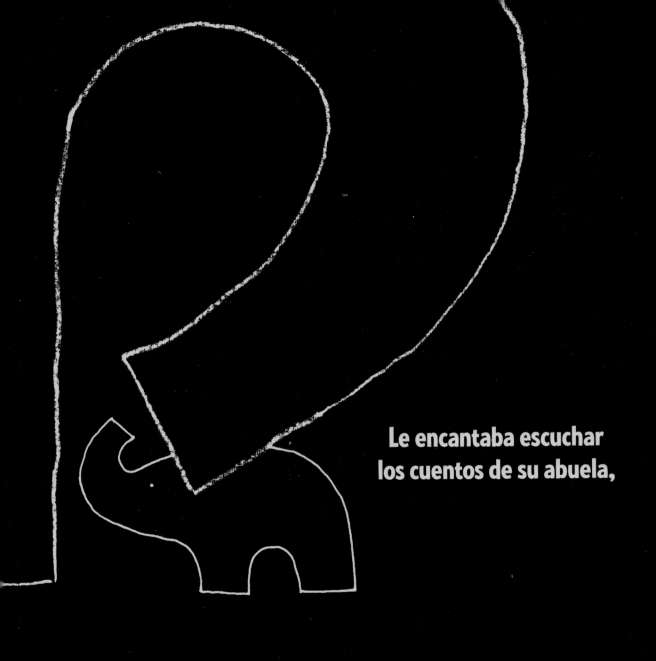

Le encantaba escuchar
los cuentos de su abuela,

le encantaba campar a sus anchas,

nadar en el río y

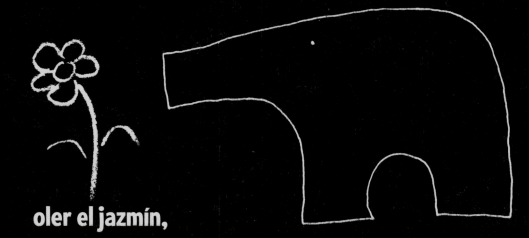

oler el jazmín,

jugar con

sus amigos del bosque.

siempre se acordaba

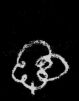

Pero fuera a donde fuese

de volver a un árbol particular.

**El árbol y el elefante eran los mejores amigos,
eran jóvenes y pequeños.**

Al elefante le encantaba rascarse contra el árbol

y al árbol le encantaba distraerse con las historias del elefante.

Los dos disfrutaban con los prados de hierba

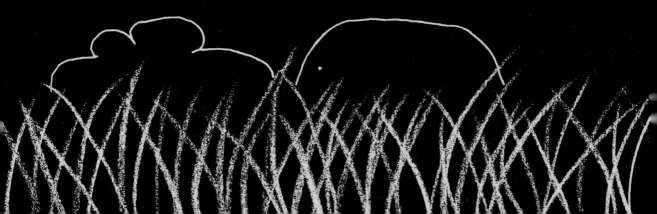

y la escalada
de despeñaderos.

El elefante y el árbol

eran completamente felices.

Con el paso de los años,

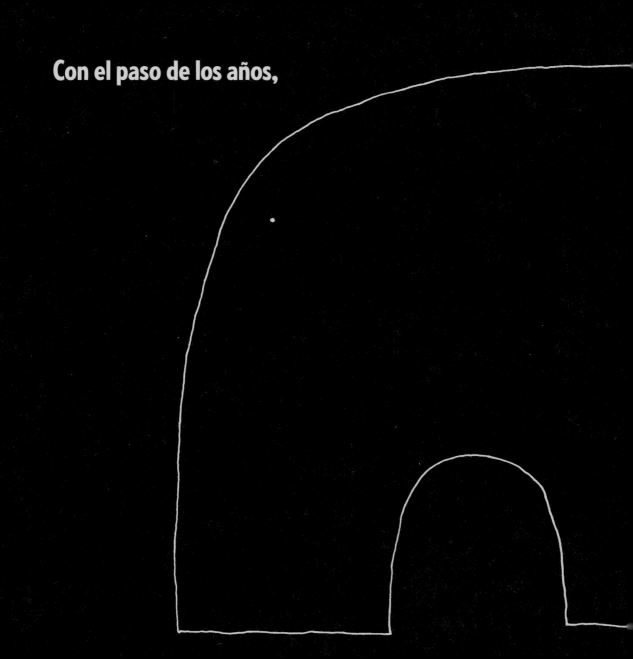

el elefante se volvió grande y fuerte

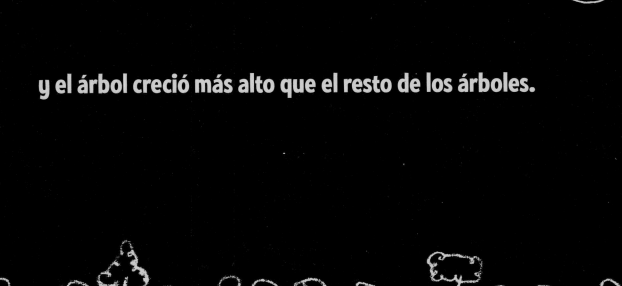

y el árbol creció más alto que el resto de los árboles.

Ahora era el elefante quien escuchaba historias

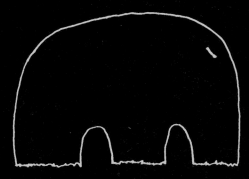

sobre unas gentes pequeñas que vivían en casas
situadas donde solía jugar el elefante.

Un día, un grito estremeció el bosque.
—Corre, amigo mío —dijo el árbol al elefante.

Pero el elefante no se movió.

**Sonó un disparo.
El elefante despertó en una tierra extraña,**

prisionero.

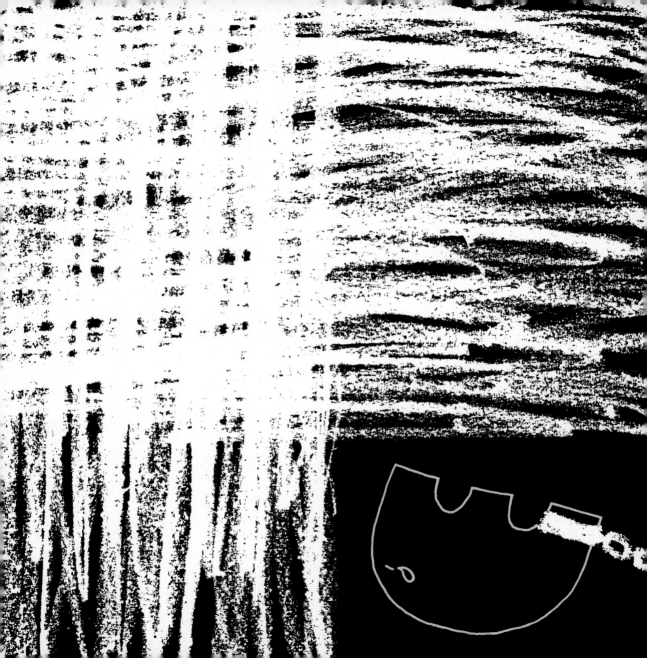

—¡Ay! —gimió el elefante
cuando colocaron una enorme
y pesada carga a su espalda.

—Soy yo, amigo mío —dijo el árbol—.
Cuando te dispararon, me talaron
y me convirtieron en una silla de elefante.

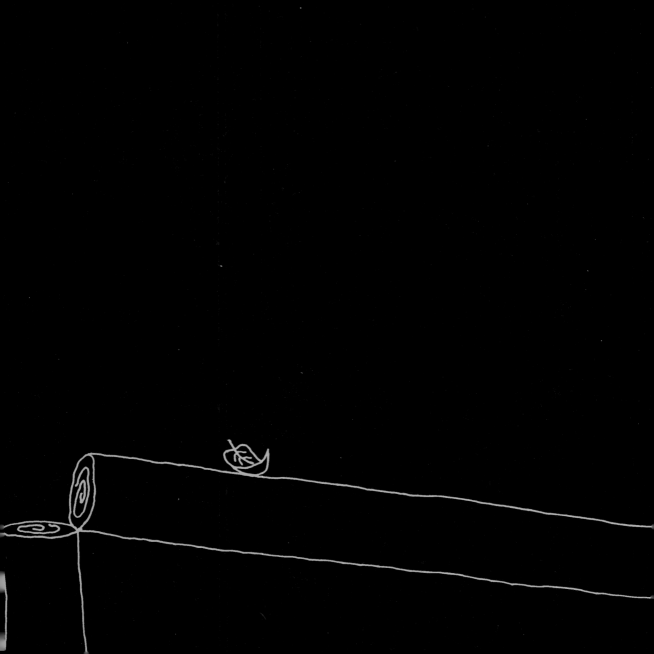

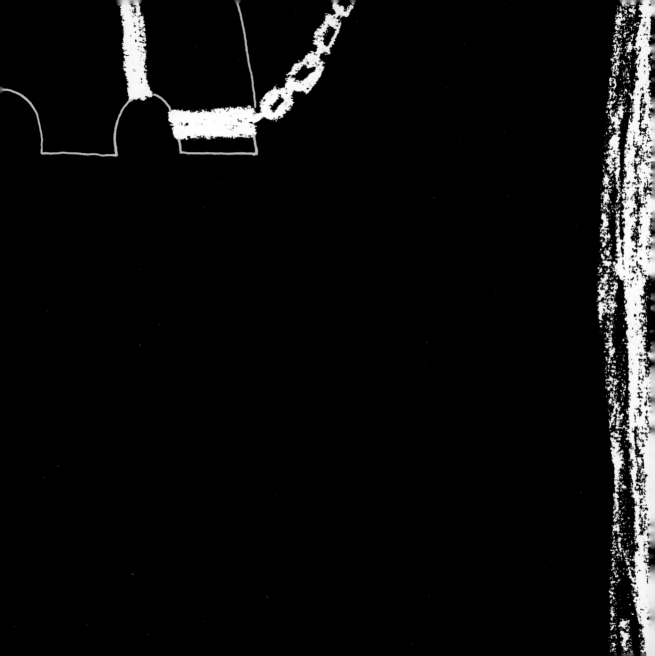

Así permanecieron juntos los dos amigos,
uno, encadenado, y el otro, atado,
contándose una y otra vez sus recuerdos felices.

y disfrutaban de los prados,

de cuando campaban a sus anchas.
El elefante y el árbol.